Arno Schmidt

TINA
oder
über die Unsterblichkeit

Mit Radierungen und einem Nachwort
von Eberhard Schlotter

Insel-Bücherei Nr. 1387

TINA

oder
über die Unsterblichkeit

Nacht. Steinufer des Bürgersteigs. Zwischen Blöcken aus Kunstlicht (einer war mir übern Schuh gefallen, und ich zog ihn lieber drunter weg).

Dann strömten Schulmädchen : schwarze enge Hosen; Spitzbrüste voller Ungedeih. / Stimmengewirbel : sie hielt ihr debattierend eine verruchte Zahl von Fingern hin. / Mein Arm begegnete einer Ärmin : im unteren Drittel aller Gesichter ein fuchsrotes Lächelloch.

Dabei kamen sie vom Schichtunterricht (was'n Wort wieder ! : Rainer M. Gerhardt bitt für uns !) : die blanken Wurmpaare all ihrer Lippen hielten sich an den Enden gefaßt; P'fesser Eschborn hatte's auch gesagt ! (2 Sekundanerinnen deklamierten sich listig Chamisso zu : »Seit ich IHN gesehen, / glaub ich blind zu sein.« : »Wo ich hin nur blicke, / seh ich IHN allein !«; krumm kichern). / (Ein abgeblitzter Halbstarker äffte sehnsüchtig hinterher : »Laß mich; ich hab heut meine Tage !«. Und schmetterte dann einen halbgefressenen Mohrenkopf an die Auslage=Scheiben der Lokalzeitung : !).

Ein Springborn aus Funken erschien im leeren Neubau. Daneben ein später Hammer schlug dienernd Sterne ein (neue Nagelform; beim Eisenhändler zeigen lassen). A great while ago the world began / with hey ho the wind and the rain.

Beim Apotheker : neben mir der bekannte Mann im grünen Lodenmantel; auch er verlangte Cyclopal und musterte mich
scharf. Der Provisor kämpfte wieder und lange mit sich,
ehe er auf das alte Rezept etwas rausrückte; »Iss doch
Barbitursäure drin !«; ganz entrüstet; das karierte Frage-
zeichen über ihm, ›Hustenbonbons‹, schnalzte lässig mit
dem Schwanz; dann gab er aber doch seine neue Tugra
in den alten Stempel. (Er weiß, daß ich Junggeselle bin :
soll ich ihn heut zusätzlich schockieren und ne Packung
Camelia verlangen ? Als Schriftsteller ist man der Bordell-
fantasie des Bürgers ja ohnehin immer verdächtig. – Na,
lassen wir's; lohnt sich nicht).

»Schriftsteller ?« : der Lodengrüne hatte mir zuvorkommend die
Tür offen gehalten. Ich antwortete nicht; sah ihn nur miß-
trauisch an; entweder Schwätzer oder Kollege, also halb
Deubel halb Satan. Murmelte ich demnach ein gekürztes
Abweisendes. Aber er blieb rüstig neben mir.

»Richtig : ich kenne den Namen. – Ach, alles, was keinen Namen
hat, ist glücklich.« Meinte er schwermütig (aber um eine
entscheidende Spur zu eingebildet; hielt sich wohl auch
für'n großen Mann).

Gefaselgefasel : Bücher ohne Titelblatt rausgeben, ein ›Fortschritt‹;
der Verfasser des Nibelungenliedes wäre ›ein schlauer Hund‹
gewesen; und so ging das impotente Gelulle straßenlang
neben mir weiter.

»Ein Rat : schreiben Sie wenig; oder, noch besser, gar nicht mehr !

Dann leben Sie unangefochten auf Erden, und brauchen sich auch nach dem Tode nicht mehr zu schinden.« (Also ein Christ : auch das noch ! – Um ihn loszuwerden erzählte ich ihm von seinen Katholiken : jeden 27. November verehren sie den Buddha Gautama als Kirchenheiligen; denn die Barlaamsgeschichte ist ja weiter nichts, als eine Übersetzung der Lalitavistara. Aber er meckerte nur angeregt : nee, das hatte er noch nich gewußt .... »Tja, diese Heiligen sind auch übel dran !« Der Kerl war total orplid).

»*Höchstes Glück der Erdenkinder ?*« fragte er haßvoll : »Nennen Sie mir *einen* anständigen Schriftsteller, der gern geschrieben hätte : lieber zeitlebens Scheiße schippen ! – : Sind *Sie* Ihrer Individualität noch nie müde geworden ?« Ich senkte den Kopf; ich nickte; es ging ihn zwar nischt an, aber : ja. Täglich etwa zweimal. »Na sehen Sie,« sagte er versöhnt.

(*Die Autotiere : sie schlüpften* stechenden Blicks umeinander; mit ungeduldigen Stimmen. Wenn der Vordermann einen überlistet hatte, zwinkerte er noch gelbrot zurück. Der tiefe Schlag der Turmuhr bläkte zweimal seine Rindszunge : ich hatte jetzt den dritten Tag Linsen gegessen; Rieseneintopf, selbstgekocht : schreckliche Folgen !).

»*Sie glauben nicht an ein Fortleben nach dem Tode ? Sie sind Athe-ist ? :* Ich auch.« erklärte er ruhig : »Aber das eine werden Sie mir ja zumindest zugeben : *Alle* leben zunächst noch ein bißchen weiter ! Die verstorbenen Eltern und Großeltern in der Erinnerung von Kindern, Ehegatten, Enkeln, Bekannten – den Begriff des ›Lebens‹ mal etwas weit gefaßt. Wesentlich unheimlicher ist die Sache ja bei, sagen wir, Dichtern : die haben in ihren Büchern derart große Portionen ihrer Persönlichkeit deponiert, daß man, solange die gelesen werden ..... : Wie ?« Ich, achselzuckend : »Ja, wenn Sie es *so* meinen – –.« (Aber ansonsten : The dead they cannot rise, / and you'd better dry your eyes, / and you'd best go look for a new love !).

»*N=naja*« machte er vorsichtig. Kleine Stille. Das Diafragma des Mondes, sieh die platte Schweinsblase, neben dem Hochzeitsturm. / Bergunter : ein Handwagen stieß sein altes Weib vor sich her. / Der Grüne bog einer Isetta aus; und ich wollte eben nach der anderen Seite entweichen, als er mich auch schon wieder eingeholt hatte.

»*Ich könnte es Ihnen ja mal zeigen – ?*« (beiläufig; dann murmelnd=nachdenklich) : »Ne Eintrittskarte hätt ich noch. –« (Vertraulich=laut) : »Wir machen das manchmal : Wäre es Ihnen nicht interessant, dieses ›Fortleben nach dem Tode‹ mal in natura zu sehen ?«

»*Ich glaube, jetzt* lassen wir's genug sein !« schnauzte ich ihn wütend an. (»Ihr Mißtrauen ehrt Sie« sagte er mechanisch dazwischen). Ich wollte ihm schon eine rein hauen; aber ich bin 6 Fuß groß, und da ist ne unbeabsichtigte Körperverletzung allzuleicht fällig. Also stellte ich nur fest : »Sie sind aus'm Irrenhaus entsprungen.« und sah mich nach Polizisten um.

»*Nee, aus'm Elysium.*« sagte er schwermütig; »und auch nicht entsprungen, sondern ganz offiziell auf Einkaufstour. – Würde
es Sie denn gar nicht interessieren, Näheres über Jansen zu
erfahren? Oder Wildenhayn: Sie haben doch mal ne Fou-
québiografie geschrieben .....«

Ich fuhr herum: Wildenhayn??: Das wußte Niemand außer mir!!
Wollte mich wieder ein Hund um die Priorität bringen?!
Aber er hob schon beschwichtigend Hand und Brauen:
take it easy: »Ihnen wird es ne Lehre sein; und Uns kann
es auch nur nützen.« sagte er: »Wir dürfen das alle 10 Jahre
einmal machen, daß wir Einen mit runternehmen: ist Ihnen eigentlich noch nie aufgefallen, daß diverse Dichter
in späteren Jahren aufs Seltsamste ›verstummten‹?: die hatten nämlich das Elend mit eigenen Augen gesehen!« schloß
er grimmiger.

»*Welches Elend?*« fragte ich verständnislos: »das mit der ›Unsterblichkeit‹?«. Ich schüttelte den Kopf: ich mitgehen? (Wollte
der Kerl mich etwa berauben? Ich hatte immerhin – für
einen Schriftsteller ein seltener Fall! – meine 60 Mark bar
in der Tasche: neulich erst hatte ein amerikanischer Soldat
einen Taxichauffeur wegen 16 erstochen. Klar, Mensch: der
hatte beim Apotheker mein Portemonnaie gesehen!!).

(Oder ein Fememord?!: Ich war kein angenehmer Autor – ›nicht
ganz unwichtig‹ schmeichelte sofort ein Eitelkeitsteufel-
chen – und bei dem heutigen Kurs ......).

Unter der Laterne, auf der Beckstraße: er wies mir im Chlorgas des Lichtkegels flüchtig die Brieftasche : hatte *der* Bube Zechinen ! Eintausend; Zweitausend, meingott; und in einem Extrafach noch die blauweißen Zehner ! – – : »Sie vertrauen *mir*, einem völlig Fremden ?«. Er grinste flüchtig rechts : »Ich kenne zufällig einige Ihrer Bücher : Castum esse decet pium poetam / ipsum, versiculos nihil necesse est.« »Que las costumbres de un autor sean puras y castas« murmelte ich ertappt; und er nickte sachlich dazu : »Ich war nämlich ähnlich ....«

»*Aber gar nicht !* : Sie können jederzeit wieder weg; jede Stunde. Ist nebenbei sogar befristet.« (Der Aufenthalt. Kurz überlegen : wurde oben bei mir was schlecht ? : Sanella hält sich; Grieß auch; höchstens die Milch – : »Kann ich noch mal 1 Minute rauf ?« (Schon wegen den diabolischen Linsen !). »Aber kein Schreibmaterial mitnehmen; das ist streng verpönt.« rief er mir noch rüstig nach.)

* * *

»*Da haben Sie das Memento* ja ständig vor Augen« meinte er, als ich wieder aus der Haustür zu ihm trat. Wieso ? : er zeigte mit dem Kinn auf die Litfaßsäule an der Straßenkreuzung, in der eine Zeitungsverkäuferin ihren Stand hatte. (Wir hatten uns schon mehrfach angeblinkt; ich aus meinem Fenster oben, sie aus dem Schalter unten, mit Gesichtsscheiben : kurz; lang : kurz; lang : lang ! Sie hatte noch offen).

Er beugte sich und sagte ein paar Worte (keine ›fremdartige Sprache‹; simples Deutsch); aber es schien dennoch ein vereinbartes Kenngespräch, denn sie schob ihr Fensterlein höher, sah scharf heraus : ?, und erkannte dann wohl meinen Führer. Jedenfalls ging es sofort los mit ›Nabend, Jan‹ : ›Tach, Tina‹ (an sich n hübscher Name; aber daß der alte Laffe sie gleich kennt und duzt ? !).

Sogar ein Präsent, was ? (Und *wie* sie aufleuchtete !). »Drei Stück« sagte er lakonisch. Sie griff blitzschnell nach dem Päckchen, wickelte die ältlichen Pappbände aus : !; seufzte glücklich; und sah bedauernd auf ihr winziges erloschenes Kanonenöfchen : »Na, übermorgen kachel' ich anständig ein« entschied sie (mainzer Dialekt; unverkennbar) : »Da wandern sie dann sofort rein. Und noch mal recht schön' Dank !« Er winkte unangenehm weltmännisch ab, bückte sich wieder zu ihr, und sie wischelten recht widerlich miteinander. (Von mir ? – ? – Nein; konnt's nich verstehen).

»*Oja : vom Sehen* kenn' wir uns schon !« Sie lachte, und reichte mir eine große, raffiniert schlanke Hand (ließ sie auch, solange ich wollte, in meiner : !). »Ja, kommt nur rein. – : Moment, ich verdunkel' erst !« Sie ließ das Schiebefenster herunter. Festhaken. Zog eine zylindrische Eisenblende vor (auch unnötiger Aufwand für die paar Illustrierten und Senoussipackungen !). Als wir es auf der gegenüberliegenden Seite der Hohlsäule mehrfach schließen hörten, gingen wir hinum, und mein Begleiter (nee; umgekehrt : ich bin ja wohl seiner!) lugte erst vorsichtig nach allen Richtungen, ehe er mich in den schmalen Zementspalt dirigierte. (Noch einmal die Uhr ins Laternenlicht : es war 18 Uhr 40 Minuten mitteleuropäischer Zeit). –

Weit vor ins Dunkel greifen : –, –, – : Ah, schön! (und sie schnurrte eine ganze Weile amüsiert, ehe sie züchtig : »Ohvorsicht – etwas« sagte). War auch viel größer, als ich geschätzt hatte, und unsere Gesichter mußten sehr dicht aneinander sein. »Ich knips Licht an« bereitete mein Unbekannter uns vor, und suchte fatal großmütig immer noch nach dem Schalter : »Wo iss denn ? – –« :

Knips! : schönes, ganz dunkelrotes Licht. Wir standen in dem engen Raum Brust an Brust; ihre Augen gaben beim Aufschlagen ein ganz zartes Geräusch von sich (oder wars Täuschung ?). Ihr langer schwarzer Mund schwamm unbeweglich vor mir.

»Von den Wänden zurück –« (seine Stimme) : er mußte wohl wieder einen Knopf bedienen, denn wir sanken ein paar Meter, wie in einem Fahrstuhl; hielten erneut. »Erst noch die Decke oben eindrehen –« beschrieb er sich murmelnd seinen nächsten Handgriff; und ich sah, wie sich eine mächtige Stahlplatte langsam über uns schob. (Ganz schöne Falle! – Sie mochte wohl merken, wie ich unruhig wurde; denn sie schmatzte ein paarmal ermutigend mit den Augen; hob sich dann zusätzlich auf die Fußspitzen; »Abwärts« kündigte es ausdruckslos=diskret hinter uns an : der geschwinde

Ruck drückte zwangsläufig mein Gesicht auf ihres, und sie hielt kunstvoll dagegen).

Ganz langsam einmal (»Schwierige Stelle« brummte er hinten) : durch das leise Surren des Fahrstuhls hörte man Fernbrausen, wie von Wasserstürzen. Sie zog den Mund langsam von meinem ab; holte einen Notizblock aus dem weichen Ledersäckchen an ihrer Hüfte, und kritzelte. (Schob mir auch den Zettel zwischen die Finger : ! – ›Du kannst bei mir übernachten‹ entzifferte ich meine Hohlhand; umdrehen ? : ah, die Adresse : ›Tina Halein / Inselstraße 42‹. Zur Besiegelung sofort ein neuer, noch längerer, noch schwärzerer Kuß. Während wir wieder schneller fielen; s gleich g halbe t Quadrat).

* * *

Anhalten. Tür auf. Raus : eine Art Polizeiwache. (Sah der Eine, Große, nicht frappant wie Löns aus ? Auch die anderen Wachtmeister schienen sämtlich Charaktermasken zu tragen, nischt wie Tilly und Gneisenau. – »›Maske‹ ist gut« bemerkte mein Führer).

»Kann ich Ihren Namen nicht erfahren ? – Es ist so unbequem, immer nur ›Herr‹ zu sagen, und dann hilflos abzubrechen – –«. »Na ja –« gab er verlegen zu : »also=ä : Althing.« »Althing« wiederholte ich folgsam. (Dann durchfuhr mich's doch : »Althing ? !« mißtrauisch; aber rasch wieder gefaßt. Also Althing, bon. Er wehrte mit schmerzlicher Gebärde; mußte

17

auch gerade einige Formulare unterzeichnen, die wohl vor allem mich betrafen. Ich quittierte ebenfalls in einem Buch, und erhielt die scheinbar überall unerläßliche gestempelte Karte. Tina wartete schon, den ungeduldig schlenkernden Lederbeutel in beiden Händen, unterm Bauch).

Eine abendliche Straße, menschendurchwimmelt. (Aber wohl überwölbt; jedenfalls blieb die Nachtfarbe über den Häuserdächern stumpf. An der Ecke verabschiedete sich Tina, mit dem modernen ›Tschüs‹. Ich erhielt einen bedeutsamen Händedruck : maid in waiting !). –

Das Standbild : ein Mann, mit dem üblichen zeitlosen Bettlaken um, wies gebieterisch vor seine Füße : ein kauernder Sklave hielt sogleich die streichholzbewehrte Gebärde an einen Haufen marmorner Bücher. Ohne Inschrift. : ?. : »Jener nie genug zu verehrende Omar, der seinerzeit die Bibliothek von Alexandria verbrannte.« »Aha« sagte ich verständnislos. (Rechts die großen Schaufenster ›Furniture / E. A. Poe‹. Daneben ›Kurzwaren / Ersch & Gruber‹. Wir schauten uns eine Zeitlang schweigend an, mit seltsamen Blicken).

Ein Riesengebäude : das ›Haus der Kommission‹ : »Sie entschuldigen einen Augenblick.« bat er, und lief zu den großen erleuchteten Schaukästen hinüber (ich natürlich hinterher); und wir studierten gemeinschaftlich die endlosen, mit winziger Maschinenschrift getippten Listen (so ne ›Liliput=Type‹ möchte ich *ein*mal haben ! Dazu werd ichs wohl nie bringen.). Er suchte unter ›A‹. Dann aber seltsamerweise noch

unter ›F‹. Mein Blick blieb an dem Namen ›Goethe‹ hängen,
und ich las :

24. Nov. 1955 :

    141 Zitationen in Zeitschriften

    46 Zitationen in Büchern

    81 Zitationen in Rundfunksendungen

    93 mal auf Anschlagsäulen gestanden

       (Vorträge in Volkshochschulen)

    1411 mal in Schulaufsätzen vorgekommen

    804 mal in Privatbriefen

    529 mal der Name in Gesprächen gefallen

    460 mal Verszeilen ohne Namensnennung zitiert

       (davon 458 mal fehlerhaft).

»Ja, der hat gar keine Chancen !« bemerkte mein Begleiter wegwerfend, als er sah, auf welche Spalte mein Blick gerichtet war :
»Aber mich hats doch tatsächlich auch wieder erwischt : ein
alter Bock in Hamburg hat sich die Erstausgabe des ›Glöck-
chens‹, von 1800, gekauft ! – Na, das Titelblatt soll schon
defekt sein; das ist *ein* Trost.« Haßvoll; atmete schwer, und
hatte 2 Fäuste gemacht. (Ist mir alles zu hoch. – Aber ne
Tasse Kaffee trink ich mit; gern).

»2 Espresso, bitte – ja : große. – 6 Promessen ? : Bitte !« er schnippte
zu dem Wort mit den Fingern, und sie schnippte es weiter
zu dem Kassierer vorm großen Buch, der fliegend eintrug.

(Also Milch rein – die Hunde bohrten vorsichtshalber immer nur 1 Loch in die Büchse, daß man ja nischt rauskriegte! Dafür einen Haufen Zucker; Althing notierte auf einem gelbkarierten Kärtchen die Zahl 6).

»Sie kennen kein Geld ? ! – Gewiß; unsere Scheine sind ja auch nur Geldzeichen; aber Sie – –«. Hier gab es eben ›Promessen‹; und er erklärte mir diesen letzten währungstechnischen Fortschritt :

Jeder erhält am Monatsersten die Mitteilung, daß ihm soundsoviel Einheiten als Gehalt zustehen – und mit denen muß er dann eben auskommen ! : »Wenn ein Volk ohnehin erst einmal vom Goldstandard abgekommen ist, und gehörig lange bearbeitet wurde, bis es allen Ernstes glaubt, seine Regierung könne aus jedem Stück Papier einen veritablen Tausendmarkschein machen – dann sollte man auch, wie bei uns, das System durch einen coup de main vollenden : wörtliche Versprechen, eben ›Promessen‹, an Geldes Statt treten zu lassen. Ich brauche keine Brieftasche und kann doch 1 Million in bar bei mir haben. Das Geld kann nicht nachgemacht werden, nicht gestohlen, nicht verbrannt, nicht entwertet – zumindest nicht leichter als bei Ihnen oben auch !«

»Alles nur mündlich ?« fragte ich benommen : »Ja – betrügt denn da Keiner ?« Er lächelte nur ironisch und wehmütig : »Nein; es betrügt Keiner. Mehr als satt essen und in *einem* Bett schlafen kann man schließlich nicht. Die Warenproduktion

ist bei uns absolut gesichert, weil das Dasein ohne Beschäftigung einfach unerträglich wäre. Außerdem macht die Rechnerei zusätzlich Spaß, und vertreibt die Zeit. – Sie haben ja auch eine Karte bekommen.« Richtig ! Ich holte das weinrot gekästelte Kärtchen heraus : 1.000 – in Worten Eintausend – Promessen waren mein (und er bog die Mundwinkel anerkennend nach unten : ganz anständig ! – Schnell überschlagen : die einzelne Tasse also 3 Promessen; entsprach demnach – eine etwa – : 20 unserer Pfennige. Und der Kaffee war sogar gut ! – 19 Uhr 30).

Wieder auf der Straße. Plötzlich zog sich sein Kopf ein : er packte krampfig meine Hand; er riß uns hinter die massive Lehne der halbrunden Steinbank : »Sssttt !« – (Vorsichtig um die Ecke schielen : 2 Männer kamen vorbei, groß und unbekümmert lautstimmig; der Eine, Derbere, im hochgeknöpften Überrock, das volle kühne Haar, die amerikanisch=breiten Diftonge – : ? – : ! : Ich wollte vor; ich zerrte an seinen Händen, bis sie weit aus den Manschetten hervorstanden – –) :

»*Menschvorsicht !*« keuchte er : »es ist ein hitziger Mann ! – Gerade Sie sollten doch am wenigsten – –«; wir kämpften vorsichtig noch ein bißchen, bis ich mich gab.

»*Na freilich, Cooper*, wer sonst ? ! – – Jaja : genau William Branford Shubrick und Ihr James Fenimore Cooper : sei'n Sie froh, daß er vorbei ist !« Stammeln; antworten. Stammeln; antworten : er bog sich vor, er klatschte mir auf die Schulter : »Ja, Mann, haben Sie denn immer noch nicht gemerkt, daß Sie im Elysium sind ? !«

* * *

Auf dieselbe Steinbank gesunken; er erklärte es, mehrmals, mit Nachsicht (und war angeblich *der* Christian August Fischer, der 1821 die erste umfassende Cooperausgabe bei Sauerländer in Frankfurt redigiert hatte – die gleiche, aus der Stifter den ›Hochwald‹ plagiierte; ich besaß selbst ein paar der entzückend=unzulänglichen Bändchen. Und jetzt fiel mirs auch ein : Klar ! : Althing ? : das war doch sein Pseudonym gewesen, unter dem er die ›Erotischen Novellen‹ veröffentlicht hatte, die ›Geschichte der 7 Säcke‹ oder ›Der Geliebte von 11.000 Mädchen‹ ? Er nickte verdrießlich. Dann, wild : »Den meisten Schaden hat mir Jean Paul getan, der mich in seiner ›Vorschule‹ zitiert hat ! Wenn *die* Stelle nicht wäre – : ich könnte 500 Jahre eher abschrammen !« Er knüllte wieder die Fäuste zusammen, knirschte was weniges, und lästerte). / (»Jaja natürlich : und Grabbe; und die ›Isis‹; und Zach's ›Monatliche Korrespondenz‹; und Johannes v. Müller, 23, 107; und A. G. Eberhard 18, 3 ff. : die Buben !«).

»Aber Sie sind doch 1829 ... ?« : »Gewiß,« bestätigte er bitter, »der klinische Tod trat bei mir am 14. April des genannten Jahres in Mainz ein – aber was nützt mir das ? Sie sehen ja

selbst – !« und wies mit sektorenbreiter lodengrüner Gebärde nach vorn :

»Jeder ist so lange zum Leben hier unten verdammt, wie sein Name
noch akustisch oder optisch auf Erden oben erscheint. Oder,
planer gesprochen : bis er weder genannt wird, noch ir-
gendwo mehr gedruckt oder geschrieben vorkommt – dann
ist jede Möglichkeit einer Rekonstruktion verschwunden.«
(Benommen sitzen und verarbeiten).

Schriftsteller ? : »Solange noch 1 Exemplar eines ihrer Bücher vor-
handen ist, besteht schon gar keine Aussicht : was meinen Sie,
was Der einen ausgibt, wenn Einer durch die Kommission
die amtliche Mitteilung erhält, daß keine seiner Schriften
mehr existiert ? !« (Darf dann eine rotgoldene Anstecknadel
tragen). »Oder wenn die letzte Literaturgeschichte verfault
ist, die ihn erwähnte ! Dann steht der Name vielleicht noch
in Kirchenbüchern – der 30jährige damals hat da ja wunderbar aufgeräumt; auch der letzte hitlerische Krieg wieder.«

»Na, leben Sie erst mal n paar hundert Jahre ! – Nietzsche ist von
seiner ›Ewigen Wiederkunft‹ ganz schön abgekommen :
der hat die Neese längst pleng !« / »Ach, Sie machen sich ja
keinen Begriff von den Möglichkeiten ! Mal ganz abgesehen
von Palimpsesten oder Textkonjekturen : wir haben Fälle,
wo ein Unvorsichtiger zur unseligen Stunde bloß stolz seinen Besitzernamen in ein wertvolles Buch vorn einschrieb,
à la Manesse – schon ist er reif, solange das rare Stück nur
gehegt und gepflegt wird. Wenn er Pech hat ists sogar noch

fotokopiert : seien Sie bloß mit sowas vorsichtig !« / »Einmal hat in Pompeji Einer stolz an die Klowand gekritzelt :
›Hic ego nunc futui formosam forma puellam‹ und n Namen drunter : der läuft heute noch hier rum !« / »Schlimm
sind die Vorfahren ›Großer Männer‹ dran – die ihrerseits
gar nischt ausgefressen haben, und jetzt erbarmungslos vom
Biografen aufgestöbert werden. – Ja, Gothaer auch.« / »Oder
ein noch grausameres Beispiel : ein Bauer heißt Meier; sein
Feld im Dorfdialekt also der ›Meierkamp‹. Eines Tages erscheint n Landmesser; der überträgt den Namen auf sein
Meßtischblatt : das wird gedruckt : aus ! – Dann kommt
meinetwegen noch n Autor – einer von den komplett Ver-
rückten, die alles ganz genau machen müssen : jaja : *wie
Sie* ! – der legt seinen Roman dahin, der Held verschwin-
det mit der Heldin hinter einer Hecke, eben auf besagten
›Meierkamp‹ – : der Arme ist praktisch geliefert ! Tapert
dann hilflos hier unten rum; rennt zu allen Behörden, und
kann nie und nimmermehr begreifen, warum er nicht in
Ruhe tot sein darf : da gibts vielleicht manchmal Tachteln,
wenn der Dichter dann runter kommt !«
Er stieß mich an, und wies unauffällig mit den Brauen : »Robin
Hood. – – Nee; der daneben; der kleine Stämmige.« und
ich folgte dem untersetzten Herrn im Kleppermantel eine
zeitlang stumpf mit den Augen : konnte es nicht genausogut Odysseus sein ? Aber er schüttelte nur unwirsch den
Kopf : »Sie denken wohl, der läuft immer noch in Lincoln-

grün rum, mit m Flitzbogen überm Ast ? – Neenee : Alle
so normal bürgerlich gekleidet wie nur möglich.«

Auch Tiere ? : ein mächtiger schwarzer Kater schob sich mißmu-
tig aus dem offenen Fenster im Erdgeschoß gegenüber;
setzte sich, und schlang den Schwanz um die Füße. »Komm,
Hidigeigei, komm !«; aber er kam nicht. »Naja; die empfin-
den s nicht so ganz – aber ihnen fehlen die unsterblichen
Mäuse.«

»Die Heiligen ? : die sind vielleicht tück'sch ! Zumal wenn sie für
irgendwas speziell zuständig sind, Bauchschmerzen oder
so : jeder Bulle oben, der zuviel gestemmt hat« (ich erschrak
des Todes, so breit=laut sprach er das Wort) : »brüllt ihren
Namen, oder schreibt n gar auf n Zettel – neenee die sind
ganz böse dran !«. »Könnten Sie nicht etwas weniger zynisch
sein ?« bat ich schockiert; aber er bewegte nur würdig verneinend den Kopf : »Einmal war es ohnehin stets meine Art,
die Dinge präzise zu benennen – auch die bisher so verlo-
gen=vernachlässigte Fäkal= und Urogenitalsfäre –; und zwei-
tens wird das hier unten binnen kurzem Jeder : sachlicher;
nüchterner. Sie sollten jetzt mal Gerok hören, oder Johanna
Spyri –« er feixte so, daß der ganze Lodenmantel hüpfte.
»Na, komm'Se; gehn wir noch was essen.«

Eine Art Schnellimbißhalle; lebhaftes Licht von oben : hinter Glas
und Nickel die langen Plattenreihen mit – ja mit was ? (Auf
jeder nur ein Häufchen zierlicher glashäutiger Täfelchen,
Würfel, gerippte Stangen; in verschiedenen lustigen Farben :

die ganze Gelbskala; schwarz gekörntes Grau; auch, aber seltener, ein ziemlich widerliches Bonbongrün). Er ließ sich von der lacklächelnden Bedienung 2 Teller herausreichen; sie fügte zu jedem noch eine Art neusilberner Zuckerzange hinzu : »34 Promessen, bitte.« »Vierunddreißig ? !« fragte Althing=Fischer besorgt; und wollte schon seufzend auf seiner Karte abschreiben, als ich ihn – endlich scheinbar bei klarem Gastverstande – zu überreden vermochte : »Was soll ich denn sonst mit meinen ?« und : »Es wäre doch schade, wenn sie verfielen !«. »Das ja.« er gab sehr rasch nach.

»*Gehärtete Luft* – mit n bissel Geschmack« : richtig; meine Gummibonbons leicht nach Ingwer. (Nur gasförmige Ausleerungen nebenbei; er zeigte mir auch die Zellenreihe. bei der also der Unterschied ›Für Damen‹ entfiel. – Und meine Linsen ? ! Ich beschloß, mich solange wie irgend ›tragbar‹ zu quälen).

»*Die Straßen haben nie Personennamen* – nur ganz neutral ›Walkgasse‹ oder ›Schützenstraße‹«. (Einmal eine ›Fischhälter‹). / »Am Stadtrand wird enorm gebaut; auf der letzten Buchmesse in Frankfurt waren ja allein 12.000 Neuerscheinungen.« / »Die Unberühmten – die große Mehrzahl – die nur in standesamtlichen Eintragungen vorkommen, werden in umfangreichen Barackenlagern untergebracht, wo sie die 100, 200 Jahre bis zu ihrem endgültigen Tode zubringen. Sie sind meist fröhlich, in ›Dorfgemeinschaftshäusern‹, und ›genießen‹ die Zeit zum Teil sogar. Haben auch täglich

enorme Zu= und Abgänge. – Von uns ›Ewigen‹ sitzen viele
in den Lagerverwaltungen.«

Der Nebel : er begann unvermittelt von oben herabzusickern, in
feinen Fäden, in gewundenen Schlieren. Auch aus dem Bo-
den gaste es fußhoch grau, und Fischer begann zu schimpfen : »Auch das wieder noch ! – « (giftig; dann, ergebener) :
»Naja, iss eben Herbst ...« Und erklärte meiner Gesichtsfrage :

Das Wetter wird von einem besonderen Ausschuß entworfen, der
also Temperatur, Luftfeuchtigkeit, Niederschläge, regelt. An
Eckhäusern, Laternenpfählen, lange senkrechte ›Windritzen‹
(von besonders ödem Pfiff an einsamen Bauplätzen). »Bei
Tag kommt von der Decke helles diffuses Licht; zur Zeit
ist Nacht.« (und gähnte konsequent. Also bat ich : »Wo
kann ich übernachten ?«. »Oh, in jedem Hotel – « sagte er
gefällig : rechts, links, gradeaus. »Und morgen früh rufen Sie
mich getrost gleich wieder an. – Felicissima notte !«) –

* * *

Allein durch die nächtliche Stadt irren : 21 Uhr 56 ! : »Können Sie
mir sagen, wie ich am besten zur Inselstraße komme ? –. –. :
Ah, danke !«

Beinahe umgerannt ! ! : Trotz seines zweispitzigen Vollbartes flitzte
der Kerl wie ein Wiesel; schlug Haken; durch Vorgärten;
die Zehn mit Knütteln immer hinter ihm her ! Preschte
durch Häuserschatten, übersprang mit Hürdentechnik ein

27

letztes gestelltes Bein, wetzte hinten um den Kiosk, und entschwand auf langen Frackschwingen in einen hübschen kleinen Park. – Die beiden Polizisten ließen sich weit mehr Zeit. Der Eine blieb sogar in der Nähe stehen, und ›riegelte‹ angeblich die Straßenkreuzung ab (während sein Untergebener noch ein Stück weiter zockeln mußte). Zog sogar einen Stumpen heraus und nahm ein paar Züge. »Die Könige der Goten« erläuterte er mir auf Anfrage gleichmütig : »Sind wieder mal hinter Felix Dahn her – na, er ist ja behördlicherseits bei Bewilligung der Einreisegenehmigung ausreichend darauf hingewiesen worden –« pff=pff : »Inselstraße ? : die zweite rechts.« (Pff : Mensch, rauchte der ein Kraut ! Selbst die Luft weigerte sich, die Schwaden anzunehmen; erstickt : »Dabke –«).

Zweite rechts : ein ›Junggesellinnenheim‹ : ich besah hilflos die Riesenfront schachbretthaft erleuchteter und dunkler Fenster – –

Bei der Pförtnerin : ein dickes Geschöpf, die nur einen Blick auf die Rückseite meines Zettels warf; dann, zum Schlüsselbrett (ein Niagara aus Kleinstahl !) : »Ja, ist anwesend : Zimmer zwozwosechs –« der üppige bunte Arm wies in Richtung der Fahrstühle. (Eben kam auch einer unten an; man stieg aus. Dann verkündete das helle Erzengelgesicht des langen Liftmädchens sein ›Aufwärts‹. – »226 ? : Fünfter Stock«. –. –. –. –. –. : »Bitte« : »Danke sehr !«. –, –, –, : ›Tina Halein‹ ! :

»Ja bitte ? : !« : Tina ! – Ich nahm sie gleich in die Arme, sie, mit
auseinandergeschlafenen Haaren (hatte sich ein Stündchen
hingelegt gehabt, ›um für mich dann ganz frisch zu sein !‹;
sie, schwarze kurze Flammen um ein Blaßgesicht). 22 Uhr
12. –

23 Uhr 12 : »Donnerwetter !« flüsterkeuchte sie. Noch einen Schop-
pen Luft. Erhob sich, meinen Schaum vorm Bauch; und
machte als allererstes Kaffee : »7 Minuten ziehen –«. (Hohe
spitze Porzellanbecher setzte sie hin).

Inzwischen hinterm Plastikvorhang ihres Brausebades : Gymnastik
in der Seifenblase. »Nö; passieren tut hier unten grundsätz-
lich nichts.« Prusten und Stirneschütteln. – Das Wasser
schmeckte ausgesprochen nach Eisen, oder, genauer noch :
»Tinte ?«. : »Mm kann sein – kommt direkt aus unterirdischen heißen Quellen,« sprudelte das strähnige Gesicht;
kauerte in die Bodenwanne, und neckte sich mit 2 spitzen
Fingern; setzte sich ganz, und schlang die Schenkel lok-
ker=fest um meine Füße.

Von unten durch Wasserschallen und Händegeschmatz : »Aber, gelt :
Du zitierst mich nicht ? ! – ›Tina‹ ja; das gilt nicht, das be-
sagt gar nichts, das darfst Du.« Sie spielte flink mit ihren
Zehen, und flocht die Finger hindurch; kniete, und bewun-
derte mich mit ›Och !‹ : »Du bist ja unzerstörbar : hast Du
denn keine feste Freundin, armer Kerl ? – Aber laß uns
erst noch rasch Kaffee trinken –.«

In Sesseln, Jeder vor seinem Mar aus Kongokaffee. Sie im gelben

Kimono mit großen schwarzen Bakterienkolonien, wie Teufelinnen lieben. Pantoffeln feuerrot; das Haar kunstvoll verkämmt : wie Teufelinnen lieben.

»Fischer hat erzählt ? – – Ach, nicht doch; das Ganze geht ungefähr so vor sich. – Du wirst oben geboren, und lebst – : nein; 1801 bis 77; iss doch egal ! –. Dann ›stirbst‹ Du; das ist ziemlich unangenehm; Beängstigungen, weißt Du, so Luftmangel : ahhhh ! Herz bleibt stehen. Aber das Bewußtsein setzt meist sehr rasch aus –« sie gab der Luft einen gleichgültig kleinen Klaps : »Jedenfalls Du erwachst wieder. Dämmerungen und Stimmengemurmel. In einer Riesenhalle – ungefähr wie ne Reitbahn – in einer Menschenschlange. Wenn Du vorn am Schalter bist, füllen sie Karteikarten aus; Du erhältst Deinen Personalausweis; gehst weiter durch; wirst erneut abgestempelt; mit früheren Bekannten konfrontiert – darunter mindestens 2 Feinde ! –. Ein Omnibus fährt Dich zum Bahnhof; Du steigst in Deinen betreffenden Zug ein, kriegst Reiseverpflegung und so – und landest an dem Dir zugewiesenen Ort.«

Wählen ? : »Mm – kaum ! – Du darfst wohl sagen, Du möchtest gern mit Dem und Dem zusammen sein; und wenn sichs irgend verantworten läßt, steht dem nichts im Wege. Aber es gibt eben doch Rücksichten : man könnte ja nie und nimmer Goethe und Bielschowsky zusammensperren. Nein, hier unten ist man wohl gerecht, aber nicht unnötig grausam. – Oder Dich dereinst mit Fouqué –« fügte sie hinterhältig hinzu, und zappelte sich vor Vergnügen die Beine lang, als sie mein Gesicht sah (das hätte sie aber besser nicht tun sollen !) –

: »*Also die Länge* ist ja geradezu polizeiwidrig !« entschied sie entzückt=entrüstet. (In der Tausendstundenuhr ringelreihten frohlockend die glitzernden Flaschenteufelchen. Sie sprach etwas zu einem Loch in der Wand; schloß die ins Unsichtbare tapezierte Klappe. Und entnahm gleich darauf einer Art Briefkastenschlitz 2 vorgewärmte Frotteehandtücher).

»*Und jetzt gehn wir* schlafen : morgen iss auch noch ein Tag. – Sonntag; da brauch ich nich rauf.« / Später : »Nö, n Pyjama für Dich hab ich nich.«

Nebeneinander im Dunkeln. Nur die üblichen Abstrakta der Straßenlaternen kamen durch den dünnen Vorhang. Der Kunstwind jaulte vorbildlich. Draußen war auch der Nebel wieder verschwunden. Sie gähnte behaglich und leer.

»*Nö – man kann sich den Körper* aussuchen : fast Alle nehmen ihre Leiblichkeit, wie sie um die Anfang Zwanzig war, wo man gut in Form war. Manche Männer auch ihre 17 : wegen m Rasieren. – Oach.« Sie legte ein glattes faules Armtau über meinen Brustkasten; am Ende wars aufgedrieselt zu schlappen Fingern. Aus Schlaftrunkenheit die letzte Antwort : »Die ersten 10 Jahre wird meist nur ge …« (und kicherte, als ich sie auf den Mund klopfte) : »Anschließend geht man gewöhnlich als Einsiedler – da gibts extra Bunt-

sandsteinwüsten mit Salzseen; Versteinertes und so – « (Sie
versuchte vergeblich, die Faust tiefer in meine Achselhöhle
zu bohren; fand aber doch keinen rechten Platz für ihren
Arm und gabs murrend auf) : »Dann fangen sie meist an
zu saufen; toben und lästern : auf die Unsterblichkeit; die
ganzen Einrichtungen hier unten. Danach verfallen sie in
ein bockiges Dösen; auch ein ganz paar Jahre – und dann
werden sie allmählich wieder normal. Nehmen Stellen an.
Kümmern sich um Arbeit. Und trösten sich mit dem Ge-
danken, daß ›ewig‹ eben schließlich doch nichts währt :
schon Zweitausendjährige sind ja nicht allzu häufig bei
uns.« Sie bewegte sich ungnädig, schnob schlafsüchtig ›Hn‹.
Tat auch ihr linkes Knie noch zu den meinen; bürstete
einmal mit dem Kopf meinen Hals (und entschlummerte.
Auch ich beschloß, das Wundern auf morgen zu verschie-
ben). –

* * *

Morgen. Schüchternste Dämmerung : nein ! : sie fühlte sich gar
nicht an wie eine 154jährige ! Hier nicht. Und da nicht. Und
dort erst recht nicht ! : Ob mich die Gesellschaft etwa bloß
belog ? ! Ob ich zufällig in eine der (ja sicher längst vorhan-
denen !) unterirdischen Städte geraten war, die sich Politiker
und upper ten für den Fall des Atomkrieges einrichten ?
Die Assassinen gaben ihren Anhängern ja auch ab und zu
ne Spritze, und schafften sie dann ins paradis artificiel ! –

Ich stand auf; ich sah mich leise aber wild um – – (erst mal
die Heizung wärmer stellen; waren bloß 16 Grad).

Nackt vor der Wand : erst kriegte ich die Klappe gar nicht los
(und hätte sie vor Ungeduld beinahe abgerissen ! – Halt :
so gings) : »Hallofräulein ? – : Bin ich hier nun wirklich im
Elysium, oder bloß in ner atomsicheren Höhlensiedlung ? !«.
»Augenblickbitte« kam die dienstlich=leidenschaftslose
Stimme : »ich verbinde mit der Auskunftszentrale ....« (rüber-
sehen : ? : nein. Tinkatinakatharina pustete gleichmäßig
die Zeit weg : bei jedem Atemzug stirbt 1 Chinese. Und
werden 2 geboren !).

»Bitte sprechen !« – – : *»Ja, hier Auskunft – : ? :* Nein; Sie befinden
sich im Elysium. – – Nein ! – – Neinein : auch über *Ihre*
Bücher führen wir eine genaue Kartei : wie oft Sie darin
Hauff erwähnen, oder Bismarck ....«

»Bismarck ? ? ! !« (frohlockend und wild : jetzt hab ich die Betrü-
ger !) : »Bismarck ? : ich werde den Teufel tun, und in meinen Büchern den Buben auch nur nennen !« (Die Gauner,
die !). Pause. Ich wollte schon sieghaft die Klappe mit der
Faust anklopfen, als die Androgynenstimme eben wieder
näher kam : »Sie haben bisher – in Ihren Werken den Namen ›Bismarck‹ dreimal genannt : Faun Seite 79; Brands
Haide 110; Umsiedler 14 ....«. Ich duckte den Kopf; rechts
mein lädiertes Knie fing an zu wackeln; ich stammelte :
»Das ist – – eine infame ....«. Kühl, statistisch, Encyclopae-
dia Britannica, fuhr das Wandloch fort : »Die letzte der

angeführten Stellen lautet wörtlich – : ›Sie schwärmte immer noch von – in französischen Anführungszeichen – unserem herrlichen Bismarck‹ – : ?«

Ich erblaßte; ich stemmte die Stirn gegen die Wand : richtig ! Jetzt erinnerte ich mich : in Niedersachsen ! Sah unter mir die männlich=schüttere Haarflur meines Bauches; die optisch kühn verkürzten Beine. Auch Füße. – – »Danke.« sagte ich nach einer Weile heiser zu der Mauer. Es antwortete nicht mehr.

Wieder im Bett, im Kopf die Gedankendrehscheibe : das war aber doch ! ..... (Tieck angeblich Tischlermeister; Hoffmann hatte ne Weinhandlung en gros. Und schon überlegte ich tatsächlich, was ich dereinst hier mal betreiben könnte ..... : ich hab ja auch n Knall, daß ich auf so was immer gleich eingehe ! Und bloß gut, daß meine Bücher sich so schlecht verkauften : vom Prunkstück, dem Leviathan, warens erst 902 ! .....)

Aber dann drehte ich mich doch wieder entschlossen zu ihr : was n Irrsinn alles ! : Das hübsche feste Gesäß; kräftige Schenkelseide; eine Taille –, – : sie wurde langsam wach – die heißen, vom Schlaf etwas erweichten Brüste : da ringelten sich ihre Armschlangen schon an meinem Hals; sie umfloß mich, und ich verschwand eine Weile in ihr.

Gehärtete Luft zum Frühstück ? : Nee. Aber ne solide Tasse Kaffee, das ja. (Und kalt wars draußen geworden, ›Wetterumschlag‹, ein ganz feiner harter Schnee, sparsam und trocken – wie sie *den* wohl fabrikmäßig herstellen mochten : schon ging meine Fantasie wieder in *der* Richtung los ! Raffiniert unregelmäßige Windstöße schleiften ihn in Protoplasmaschlieren über die ausgefrorenen Straßen.)

»Mon Dieu, der Briefträger !« : sie grub ihre fünfziffrige Zange fast schmerzhaft in meine Hand, und schnaufte ahnend Verdruß, als der Schwarzuniformierte unten zur Pförtnerin einbog. (Erläuterte auch : die Dunklen bringen schlechte Briefe; gute werden von Grünen ausgetragen. Weitere Erläuterung : schlechte Briefe = Benachrichtigung über Zitierung oder gar Neudruck; Freudenbotschaften = verschwundene Exemplare, getilgte Namenseintragungen undsoweiter).

Ein Mittelding zwischen Klingeln und Surren : begann erst leise, schmeichelte sich ins Bewußtsein, wurde sogleich lauter – und brach ganz plötzlich fordernd ab : ! (so daß man einfach aufstehen *mußte* und sehen, was er hatte) : einen schwarzgeränderten Brief ! Sie popelte hastig den Finger in die Ecke, und platzte den Umschlag damit auf; riß aus dem gesägten Papiermaul das Blättchen und überflog : ›Kathinka Zitz; Name zitiert in einem Lokalartikel der Mainzer Freiheit‹ – »Gottseidank; bloß ne Zeitung.« machte sie erleichtert.

»Achnaja : ich hatte mal n gewissen Zitz geheiratet, bin aber gleich wieder geschieden worden. – Neinein, ich heiß' schon Tina Halein : mein Mädchenname.« Sie pflanzte sich trotzig auf eine Sessellehne und schlenkerte mit den Unterschenkeln;

stieß auch Verdrießluft aus der Nase. Seufzte einmal : »Na, 90 Prozent meiner Romane sind schon als Makulatur weg – untersteh Dich, und lies einen davon, Du ! – Am meisten Schaden hat mir der Artikel in der Allgemeinen Deutschen Biografie getan : wenn ich *den* Schuft hier hätte !« Erhob sich auch resolut : »Ich hab heut ja noch gar nich geflucht – Moment !«. Sie ging zum Schrank, reckte sich, legte oben die kleine lebhaft lackierte Sanduhr um – und begann zu schimpfen; mit einer Intensität; einen Wortschatz hatte die Frau; zumal schöne französische Flüche : Namen, haßvoll breit, erhielten nichtswürdige Beiworte; Faustbälle; bei mehreren mäanderte ihr Mund zum Fürchten und lief über; einmal trampelte sie sogar vor Wut : ! : ! ! ! –

Dann war der Sand abgelaufen. Ich faßte sie mitleidig am Arm, half ihr, die Brüste zurück in den Halter schieben, und geleitete sie zur Couch, sie, mit beträntem Gesicht. »Die Lumpen !« sagte sie noch einmal erschöpft; ermunterte sich aber bald wieder, und verlangte, noch intensiver getröstet und gestreichelt zu werden.

(*Die Fluchviertelstunde :* Jeder muß täglich 15 Minuten lang seinem Biografen fluchen; Rezensenten; auf Goedeke; sämtliche Auflagen des Brockhaus, den ersten ganz großen Meyer, Leser und Heimatforscher, I love a good hater).

Gutenberg ? : verbirgt sich in öden Wäldern, erlesen einsamen Klüften; ständig auf der Flucht, schläft jede Nacht woanders (wie Cromwell). Verbringt den überwiegenden Teil seiner hiesigen Existenz in Gips. – »Ja, aber Du hast doch auch Bücher hier?« sah ich das Hängebrettchen am Kopfende des Bettes an. (Books of fiction also erlaubt; solche, wo keine reelle Persönlichkeit genannt wird. Und das Titelblatt muß raus, aha.) Schach viel gespielt; Kinos gibts; die Mode wechselt angemessen. »Autos nicht : man hat ja Zeit. Ansonsten wird eben redlich gearbeitet; aus Leibeskräften geliebt – ›In tausend Jahren ist alles vorbei‹ : damit muntern wir uns immer wieder auf.«

Die Wandklappe öffnete sich schief : »Nanu! Iss die kaputt?!« rief Tina befremdet; hüpfte von meinem Schoß, und bog vorsichtig an dem Scharnier herum (während schon die Vermittlung ankündigte : »Anruf eines Herrn Fischer – wollen Sie da sein?«). Sie sah zu mir herüber; wir nickten kurz; ich übernahm mit ›Hallo!‹. Und dann verabredeten wir uns für – : ? – : »Nein, jetzt sofort nicht. Zum Mittagessen : wir haben vorher noch Einiges zu erledigen.« Sie griente anerkennend, die Unterlippe zwischen den Zähnen; und ich vereinbarte sachlich Zeit und Treffpunkt. –

* * *

Zeit : Mittag; Treffpunkt : Mexikanisches Restaurant : heute schmeckte das Geleestück also nach Chile con carne. (Ich zahlte großzügig die lumpigen 80 Promessen; blieben noch – : 586. Ich hatte Tina 300 für ne elastischere Sprungfederma-

tratze geschenkt). Wie gut aber, daß ich Fischer traf; wir
flüsterten und schmunzelten (das heißt : ich gequält; er
lachte vor Wonne wie ein Frosch, sub aqua sub aqua. – :
»Moment, Tina : wir sind sofort wieder da !«).

Draußen : man sah, wie es in seinem Gehirn arbeitete. :
»Mensch ! – Wunderbar ! !« keuchte er, über eine begeistert
gespreizte Pfote hinweg : »Gehts noch hundert Meter ? – «
und unterstützte mich zärtlich=ungestüm, wie ein Vater :
»Sachte; ganz sachte – – : Hier : Hinein !«

Zwanzig Meter entfernt, hinter einer Buschreihe : die Linsen !
(Während er Schmiere stand : meingott, was n Krach ich
machte. Und er wieherte entzückt von fern, wie da meine
Bauchpresse arbeitete. – Bloß weg !). (Am Tor der Villa auch
noch *so'n* Messingschild : ›Maximilian Emanuel Franz
Freiherr von Lerchenfeld‹. : ?. : »Hat mir damals 3 Jahre
Festung verschafft : der wird a Freud haben !« und lehnte
sich an eine Hauswand, um bequemer röcheln zu können. –
»Aber bitte nichts Tina sagen !« : »'türlich nich, 'türlich
nich.«)

Dennoch war es sein Erstes : sie steckten, unterirdische Kumpel,
sofort die Köpfe zusammen – schon zog es ihr den Mund
auseinander; die Nasenlöcher nüsterten immer weiter; sie
biß ins Taschentuch, Wasser purzelte ihr aus den Knopf-
löchern (während ich eisig an meinem Strohhalm saugte :
so schieden sie wohl die aufgenommenen Flüssigkeiten aus;
durch die Augen. Seine Hände bildeten immer wieder den

Riesenhaufen : »Und Farben, Tina : so was ham se bei Ministers überhaupt noch nich gesehen !« Warf sich zurück, die Sau, und gurgelte skythisch).

Also weitere Fragen ausdenken (beleidigt tun hat ja keinen Zweck !) :

1.) Schlüsselromane ? : Er schüttelte verneinend die Maultasche : »Gelten an sich nicht als Zitat; aber die betreffenden Persönlichkeiten sind ja meist auch anderweitig zichfach festgenagelt.«

2.) ›Wie schön leuchtet der Morgenstern‹ ? (die Anfangsbuchstaben der 7 Verse ergeben bekanntlich einen Namen). : »Gilt als Zitat !« bestätigte er.

3.) Plagiieren ?. : »Können Sie, soviel Sie wollen. : Im Gegenteil ! Das gilt bei uns als gewisses Zeichen, daß man anfängt, rar und vergessen zu werden – wird durchaus begrüßt !«

4.) Strafen ?. : »Es passiert relativ wenig. Prügeleien sind natürlich an der Tagesordnung – und meist sehr berechtigt : Neuankömmlinge, ahnungslos=stolze Verfasser von Anthologien, werden oft furchtbar zugedeckt; oder Biografen von ihren Dichtern. Die allerschwerste Strafe, und ganz selten verhängt – etwa Ihrer Todesstrafe oben zu vergleichen – ist, wenn ›Einfälle‹ nach der Erdoberfläche versandt werden. So daß einem Skribler beim Klauen in der Bibliothek (oder auch im Traum) der ›Einfall‹ kommt : Der oder Der wären doch eigentlich recht interessante Leute gewesen, über die man ein Nachtprogramm machen könnte.« (Ich lächelte erst mit; brach aber plötzlich ab, und erinnerte mich).

Der Wirt, in Mexikanertracht, der Sombrero saß ihm betrüblich einfallslos, geleitete uns bis zur Tür; und wir wollten schon auf die Straße treten, als im Radio eine Sondermeldung kam, mit Achtungachtung und Feuerstrahlen von Fanfarenstößen vorn und hinten. Erst begriff ich die Begeisterung meiner Begleiter nicht : sie hielten wie elektrisiert, mit erleuchteten und gespannten Gesichtern : ? – – –

(*Ich verstand* die Fachausdrücke aber nicht ganz. Jedenfalls sie nickten einander angeregt zu, und debattierten immer um mich in der Mitte Wandelnden herum).

»*Morgen nachmittag* kann sich Einer auflösen : der hat Schwein ! Ist erst rund 400 Jahre hier; und eben kam die offizielle Bestätigung der Kommission, daß das letzte Exemplar seines Namens verschwunden ist : ein Kind hat auf dem Dachboden zwischen altem Gerümpel und Akten mit Feuer gespielt – der betreffende Kaufkontrakt, Alles, inklusive Haus, ist verbrannt !« Sie atmeten tief und glücklich. (Ich wollte erst nach dem Kinde fragen; unterließ es aber, da die Leute hier offensichtlich andere Sorgen hatten).

»*Neinein – da dürfen Sie nicht* dabei sein ! Das sind unsere größten Feierlichkeiten ! – Außerdem fahren Sie ja morgen früh schon mit Tina und mir wieder nach oben; dann sind Ihre 36 Stunden rum.«

»*Beschreiben ja; das schon : Also* wenn oben ein Name endgültig erlischt, darf sich hier unten der Besitzer ›auflösen‹ : was meinen Sie, wie der jauchzt ? Mit welcher Spannung er am Fernseher verfolgt, wenn der Augenblick naht, wo sein letzter Leser das Buch zuschlägt, mit ›Na, so ein alter Bockmist !‹; und es für nächsten Morgen zum Feueranmachen klein reißt ! Dann prüft die Kommission – ganz recht : das große Gebäude von gestern – noch einmal alle Unterlagen; und unterrichtet ihn, daß er an dem und dem Tage, zu der und der Stunde und Minute, ins Nichts eingehen darf. Er zieht seinen besten Anzug an. Vor dem Nichts wartet schon der Verwaltungsbeamte. Zuschauer stehen diszipliniert im Viereck, alle in frohlockendem Bunt; Freunde und Bekannte drängen sich glückwünschend (und neidisch) herzu. Auf dem Bronzedreifuß glüht ein Koksbecken; er bekommt all seine Karteikarten ausgehändigt und darf sie eigenhändig über die Flämmchen säen. Dann wird er durch eine hohe Tür nach innen in einen Saal geleitet, an dessen Stirnwand ein paar Marmorstufen hinunter, ins Nichts, führen – habs selbst schon gesehen; war zweimal als offizieller Zeuge mit dabei !« –

: »*Je nun : er springt* hinein und ist weg ! Futsch ! Auf ewig verschwunden !«

»*Was wird aus ihm ? Energie ?*« (fiel mir ein). »Scheiß Energie !« sagte er entrüstet : »Nichts. Gar nichts ! Die habens eben geschafft, mein Lieber !«

»*Weiß* ›*die Kommission*‹ diesen Zeitpunkt denn nicht von Jedem im Voraus ?« (tiefsinnig, wie ?). »Die Kommission weiß n Dreck !« schnauzte er, noch immer ungehalten : »Niemand ist allwissend !«. Gott ? : »Ach Gottfff« sagte er nach einer Weile wegwerfend; und ich fragte nicht weiter.

Ratschläge von beiden Seiten (und mein Kopf ging angestrengt zwischen ihnen hin und her, wie damals, als ich Dolmetscher bei der Polizeischule war) :

1.) »Vernichten Sie Ihre Freiexemplare !« (auch die andern möglichst aufkaufen : »Das Geld rentiert sich dereinst.«). »Schreiben Sie keinen Brief mehr.«

2.) »Keine ›Memoiren‹ hinterlassen. Nichts Archiven anvertrauen !« (»Ogott : ich habe 1 Exemplar nach Marbach gegeben !« stöhnte ich entsetzt. »Na dann ! !« gratulierte er grimmig).

3.) »Lassen Sie sich nach dem Tode verbrennen : da gibts dann keine Schweinereien wie mit ›Dem Neandertaler‹ : beinahe hätten sie das arme Luder auch noch ran gekriegt !«

4.) »Was haben wir die Erfindung des Radios zuerst begrüßt : nichts als ungültiger Schall und Rauch ! – Aber dann kamen schon wieder die Tonbandgeräte : sprechen Sie nie auf Band ! : Hüten Sie sich vor deren Sammlern !« – – – »Na, gehn wir noch mit zu Tina; n Köppchen Tee trinken.« –

* * *

Tee bei Tina : sie schnitt ihm hinterm Rücken eine ungeduldige
Grimasse; aber er zog (zu unserer Erleichterung) nicht erst
den Mantel aus (mußte noch zu Fontane & Spitzweg, in die
Apotheke : Aufträge für seine irdischen Besorgungen, morgen, abholen). Stille; nachmittagsschläfrige.

»Könnten Sie nicht – « (er; einschmeichelnd) : »Ihre paar Bändchen
der Sauerländerschen Cooperübersetzung vernichten ? Wo
ich vorn als Herausgeber erscheine ?«. – »Vernichten – nicht«
bat ich zögernd; aber : »Würde es nicht genügen, wenn ich
die Titelblätter rausschneide, sie durch maschinengeschrie-
bene ersetze : und Ihren Namen einfach weglasse ?« Er leuch-
tete auf : »– Sehr gut ! Das geht auch; ja.« (erleichtert, und rieb
sich schon die Hände) : »Und schönen Dank auch. – Wir
sehen uns also morgen früh um halb 8 vor Wache III : und
bitte pünktlich ! – Na, Tina kommt ja auch mit : byebye.«

Die spanischen Reiter ihrer Armbeine; Nägel und Zähne gaben
Stacheldraht genug.

Also im weißen Dschungel ihrer Glieder : manchmal blitzten rings-
unten Augen; in warmen Spalten schlürfte es Worte; Ketten
Keuche flogen auf, Zimmer voll ›u‹. Das Dorngesträuch
zweier Hände jetzt über mir : sie schlug den schweißigen
Mund auf mich ein; sie erdrosselte mich mittlings mit
Beinen; die weißen Kabel ihrer Arme am Horizont wurden
rauh und steif : ›u !‹.

Gefällt übereinander. Ihr Haar hing von meinem Kopf. Unsere
Atemkolben stießen breiter vorbei. Geklebt : »Achdu«.

43

»Zu einer reichts noch – für uns Beide !« : tranken wir also gemeinsam, Mann & Frau, diese Tasse Tee. (Der Siebdruck an der Wand : signiert, ein echter Eberhard Schlotter, e. s., und wir nickten bewundernd : mühsame Technik !).

»Ja aber nun andererseits !« fiel mir ein : »Wenn ich die Namen meiner Feinde auf einen Zettel schriebe – oder, noch besser : in ein Silberplättchen ritzte ? – : Das rollen; in ein Glasrohr schieben; zuschmelzen ! : Das wiederum in ein Bleikästchen, eben eine richtige time=box, die sich ewig und drei Tage hält – und die dann an ausgesucht öder Stelle vergraben, tief im Hümmling oder in der Sahara : *das* wäre doch ein Racheakt ! Denn man könnte es ja theoretisch jederzeit durch Zufall wieder auffinden ? !«. Meine Fantasie entzündete sich : welche Möglichkeiten !

»Oder gar mehrere Exemplare, Du : und eins ins Meer werfen ! In 5.000 Meter Tiefe schlummert das bis zur nächsten Triasjurakreide !«. Sie lauschte leuchtenden Blicks; sie nickte; immer überzeugter : »Du, wenn Du *das* machen könntest – !« (ein tief verheißungsvoller Blick) : »Tu mir'n Gefallen, ja Du ? ! : schreib ›Ludwig Fränkel‹ mit drauf : Eff, Err, Äh .... Das ist nämlich der Schuft, der mich in die ADB gebracht hat !«. Sie lachte erlöst : »Du, wenn Du mir *das* versprichst : ich komm jeden Mittag zu Dir rauf; und – –«. Schon nahm ich sie strafend in die Arme : »Das wirstu gefälligst ohnehin tun ! – und jede Nacht außerdem –« fügte ich, jedoch nicht ganz ohne Beklommenheit, hinzu : ich war

44

immerhin schon im konsularischen Alter. (»Nachts darf
ich nich.« schaltete sie auch schon züchtig ein : »Abends
muß ich Punkt 19 Uhr zumachen, und wieder runter.«) Ich
noch, galant : »Eigentlich müßte ich Herrn Fränkel ja dank-
bar sein : sonst hätte ich Dich vielleicht gar nicht kennen
gelernt !« Sie zog aber nur ein schiefes Maul ob des (hier)
unangebrachten Kompliments; und wir besprachen lieber
noch weiter diese time=box (ein teuflischer Einfall wars
schon !).

»Riskier' ich aber auch nicht zuviel damit ?« : sie schob erst die
Unterlippe vor – ? – schüttelte dann aber entschieden ihre
Ponies : »Du hast ohnehin schon so viel auf m Gewissen :
was hat, zum Beispiel, der Pape schon in Hoffnung gelebt,
ehe Du kamst. Oder Brandt, Guthe, Bode, wie die Brüder
alle heißen. – Und dann die paar Namen ! : Deine persön-
lichen Feinde *kann* Dir die Kommission aus Gründen der
Gerechtigkeit nicht anrechnen – und mein einer Fränkel – «
sie bewegte verächtlich das Kinn, und wir vereinbarten es
fest : »Aber bestimmt jeden Mittag Du !«. »Oh, an mir solls
nicht scheitern.« versprach sie listig; bettelte aber doch
noch : »Und *Du* siehst auch zu, daß Du gedrucktes Mate-
rial über mich auftreibst, und verbrennst es dann vor meinen Augen, ja ? – Ach, prima !«

Der Nachmittag verrann. Der Wind fing wieder stärker an zu
heulen. Die Junggesellinnen gingen rascher über die weiß-
sprühenden Höfe. (Schön, daß es fast keine Kinder hier

unten gab : es war so viel stiller). / Jede Stadt also eine Riesenhöhle für sich; ein paar hundert Kilometer weiter die nächste, durch lange Untergrundbahnen sparsam miteinander verbunden. Aus sprachlichen Gründen die antiken Leute für sich; Asiaten; die Russen natürlich auch. – Na, das konnte sie mir ja dann alles noch, an den kommenden Mittagen, hinterher, verklaren).

Halt; dies noch : »Also haben Holberg (Niels Klim) oder Jules Verne (Voyage au Centre de la terre) angedeutet, daß .... ?«. Sie nickte bestätigend : »Die waren Alle mal hier. – Achnee : auch schon früher. Diese ganzen Sagen von ›Gnomen‹, ›Hohlen Bergen‹, geht alles auf Uns zurück.« Hephaistos, Orpheus & Eurydike, Nekyia, sogar Empedokles. Auch Tieck (Reise ins Blaue hinein) : »Der hat fast *zu*viel verraten ! Oder ein gewisser Steinhäuser, 1817 –« (winkte aber ab, als sie meine fragend sich öffnende Hand sah : führt jetzt zu weit. Also mal unter ›Steinhäuser‹ nachsehen).

Was ist demnach das beste Rezept für ein Erdenleben überhaupt, oben wie unten ? : »Aufs Dorf ziehen. Doof sein. Rammeln. Maul halten. Kirche gehen. Wenn n großer Mann in der Nähe auftaucht, in n Stall verschwinden : dahin kommt er kaum nach ! *Gegen* Schreib= und Leseunterricht stimmen; *für* die Wiederaufrüstung : Atombomben !«.

»*Vom Nutzen und Nachteil* der Historie für das Leben‹« murmelte ich. »*Sehr* richtig !« versetzte sie nachdrücklich : »also Nachteil !«. –

24 Radierungen zu

TINA

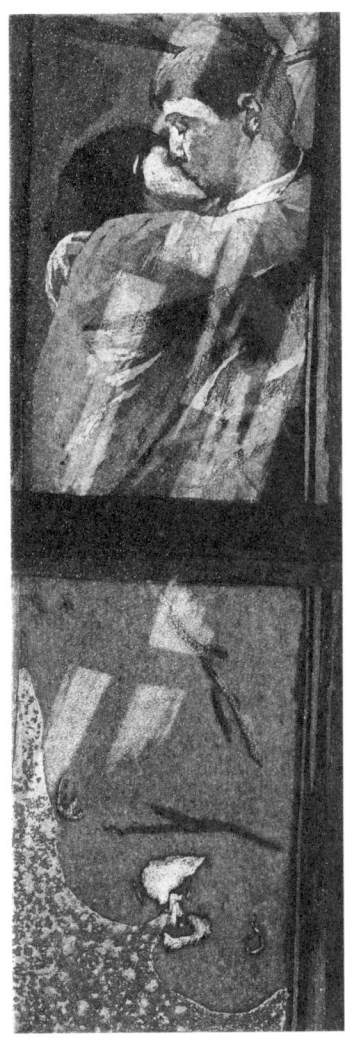

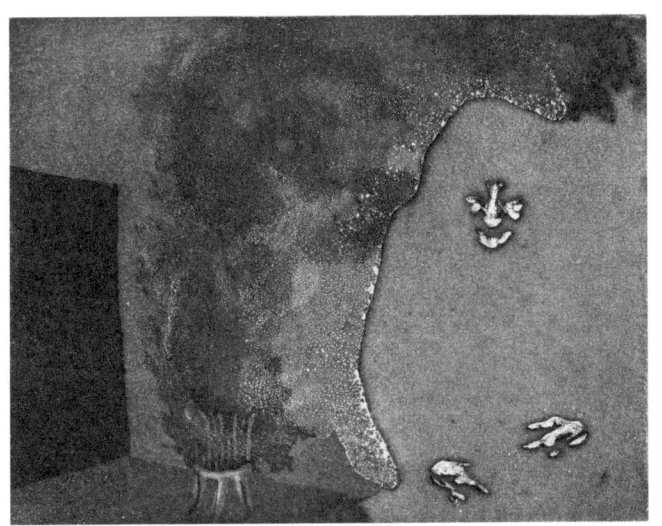

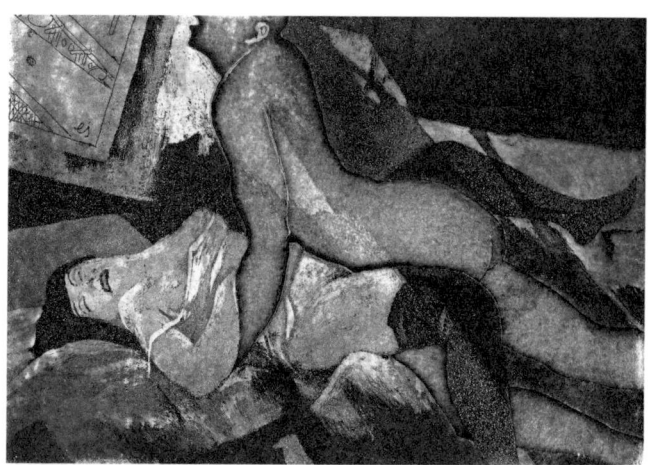

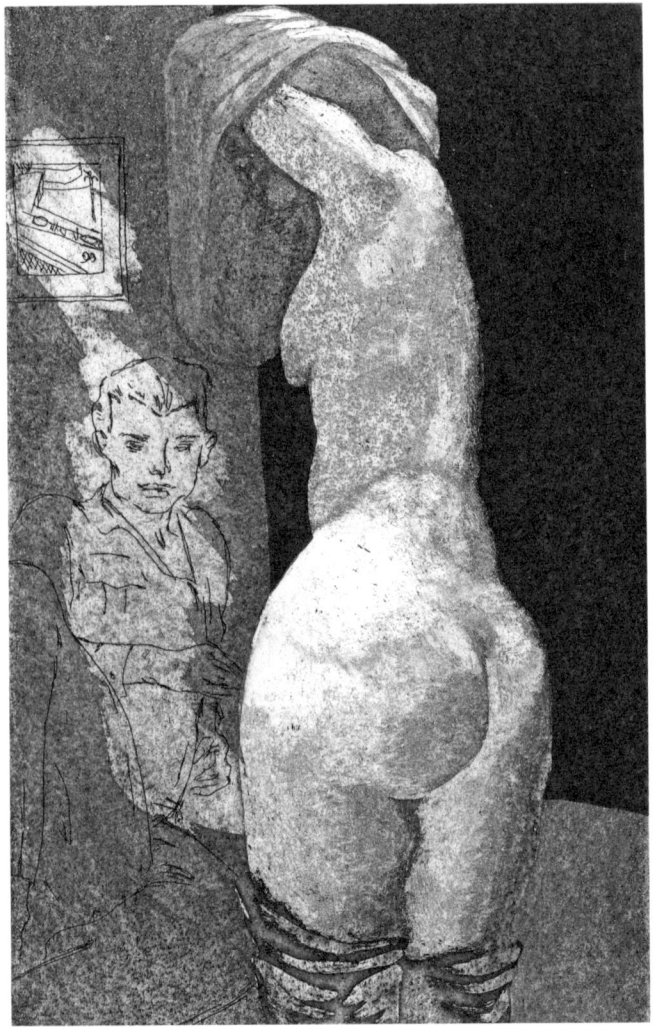

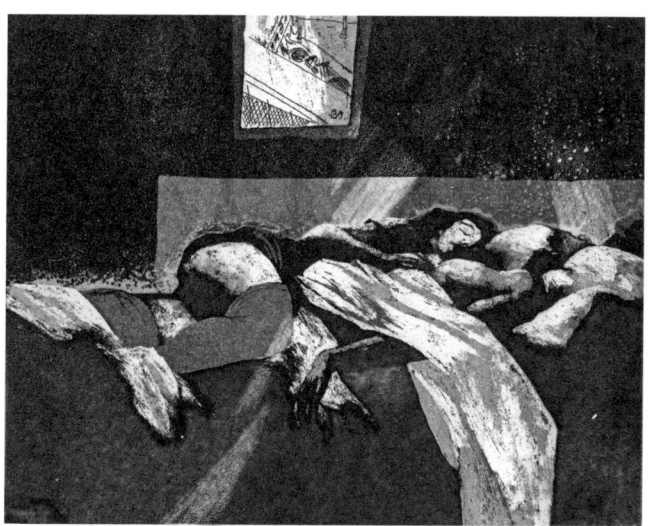

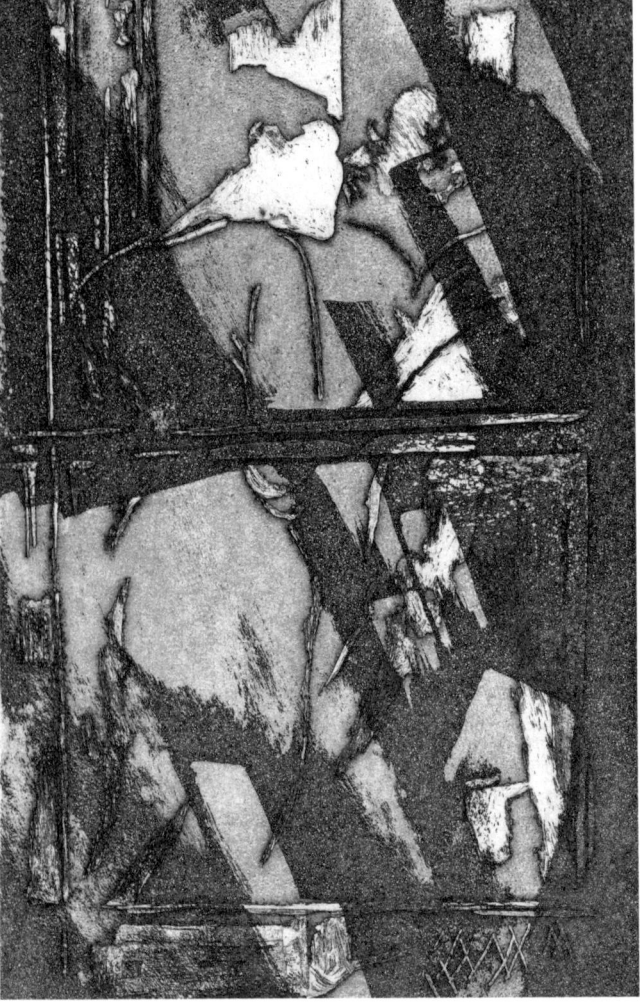

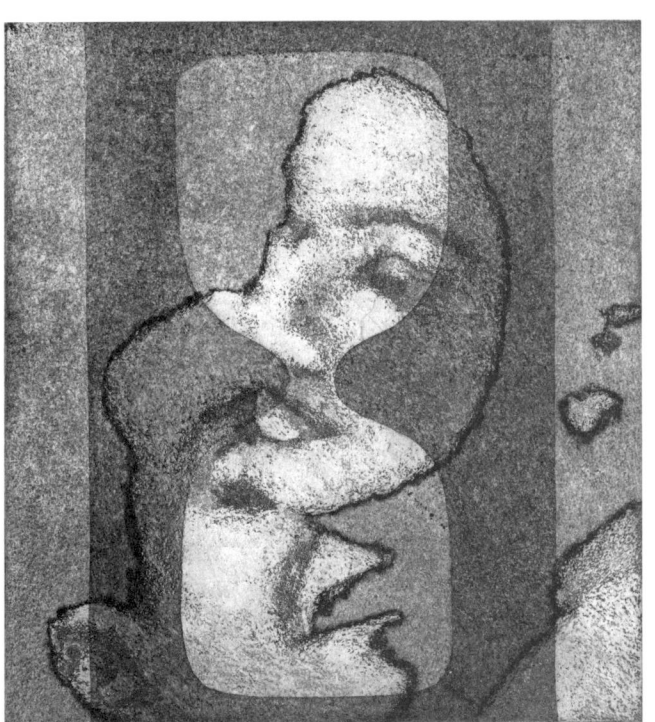

NACHWORT

»Ich hatte mir vorgenommen,
gerade durch die Welt zu kommen.
Es wollte mir nicht recht glücken,
ich mußte mich oft bücken.«

Kurz nach dem Krieg, als ich aus der amerikanischen Gefangenschaft zurückkam, nach Trautheim, ins Haus meiner Schwiegereltern, hatte sich Dorothea, meine Frau, selbständig gemacht in ihrem Beruf als Krankengymnastin, in unserer zusammengeschrumpften kleinen Wohnung.

Das Haus der Familie war vollbesetzt mit ausgebombten Familien, Freunden und Verwandten. In unserem Wohn-Schlaf-Arbeitszimmer standen die krankengymnastischen Geräte und Instrumente, die alle ihre Geschichten erzählten, mit denen ich umzugehen erst einmal lernen mußte. Eine davon soll kurz erzählt sein. Walter Schmiele war ein Philologe und Essayist, gebildet, promoviert, damals etwa 35 bis 40 Jahre alt. Er kam als Verwundeter aus dem Krieg zurück und wurde von Dorothea behandelt. Er arbeitete für mehrere Verlage. Wir lernten uns schätzen. Er, ein stiller, ruhiger Mann, kam eines Tages mit einem Text von Edward Bulwer-Lytton, *Das Haus des schwarzen Magiers*, und bat mich, ihn zu illustrieren. Meine erste Illustration nach dem Krieg, die veröffentlicht wurde. Dann schenkte mir Schmiele den *Anton Reiser*, die Geschichte von Karl Philipp Moritz. Ich kannte die Geschichte noch nicht. Begleitet von schmerzlichen Erinnerungen, studierte ich die traurige Beichte und versuchte in die Abgründe dieses Schicksals einzutauchen. Ich war gerade 24 Jahre alt und quälte mich selbstverliebt mit meiner Geschichte. Alles kreiste nur um mich und meine Welt. Und nun erzählte Karl Philipp Moritz seine Geschichte, als Lehrling von schwacher Gesundheit, auf dem zugigen Dachboden seines Lehrmeisters, wo er beginnt, bei einer Kerze das Lesen zu lernen, nach zehn Stunden schwerer Arbeit. »O heiliger Sebastian, wie konntest du mit den Pfeilen umgehen, den vielen.«

Der Zufall ist etwas, das man in den meisten Fällen verpaßt. Doch hier war etwas, das konnte man nicht verpassen. Dazu kam die zerbombte Stadt Darmstadt. In und um Darmstadt meldeten sich Menschen, die zu einem paßten. Man lernte sich kennen und schätzen und merkte zum ersten Mal, wohin man gehört. Doch man brachte seine Sprache ein, und neues Leben blühte aus Ruinen. Vor uns die Fünfzigjährigen, und Max Herchenröder aus Pfungstadt am Rande Darmstadts in seiner kleinen Hütte sang sein Lied über die Zwanzigjährigen, die anfingen wie ich: »Für den bildenden Künstler haben sich die schöpferischen Möglichkeiten, um ›Ausdruck zu schaffen‹, erschreckend verringert. Nicht allein haben die vergangenen Zeiten die ihnen analogen Formzusammenhänge gemäht und geerntet und auf dem Felde kaum etwas übriggelassen, sondern der aus den Formen sich darbietende ›Ausdruck‹ ist zu einem speziellen und mythischen Wert geworden, der jedem unbemühten und schmerzfreien Zugriff trotzt. Dieser Wert, auf den es allein noch ankommt, hat sich vor den Bewußtseinsspannungen, der tauben Progression zurückgezogen in sein Reich der Tiefe, zum Ton des Muschelhorns, zum Schimmer vorlunarer Götter, zum ungeteilten, schleierlosen Ding. Ohne Heimsuchung kein Künstler, und er wird zu einem Experimentator mit sich selbst; die Kunst und er nunmehr ein Grenzfall. Was eventuell aus einer anderen Haltung produziert wird (und leider ist dies immer noch allzuviel), bleibt amüsante Dekoration. Diese Erkenntnis wurde von Gottfried Benn klassisch formuliert – der Ausspruch kann nicht oft genug zitiert werden, wenn es wirklich um Fragen der Kunst geht: ›Es hat sich allmählich herumgesprochen, daß der Gegensatz von Kunst nicht Natur ist, sondern gut gemeint‹.«

Das war Ende der vierziger Jahre. Die paar Sätze sind wie ein vorausgeahntes Gewitter, welches jahraus, jahrein unentwegt auf uns herniederprasselte. Und nun seht einmal zu, wo die Stellen sind, an denen dem Maler die Sonne scheint. Überall wurde gesucht und gesucht. Alle hatten sie Hunger nach dem verlorenen Krieg. Und seltsam, dann kam die Währungsreform, und wir trennten uns, weil jeder Geld verdienen mußte: Scheißgeld! Dann kam der Neid.

Hast du schon einmal darüber nachgedacht, wie man Neid malt? Aber ich! »Sehe er nach, Bildung hat noch niemandem geschadet!«

1955 im Sommer lernte ich Arno Schmidt kennen, den Schriftsteller, voll mit Wissen und den hundert Komplexen, mit seinem Leben umzugehen. Ich holte ihn in die liberale, tolerant regierte Stadt Darmstadt. Wir freundeten uns an, ich las alles, was von ihm bis dahin veröffentlicht war. Das faszinierte mich, wie Karl Philipp Moritz. Schmidt war unter anderen Umständen hundertfünfzig Jahre später geboren. Er kämpfte um seinen Platz im 20. Jahrhundert. Von dem war etwas zu lernen. Ich war 34 Jahre alt und Schmidt 41.

Nun begann für mich eine anregende Zeit. Schnell hatte ich begriffen, daß er Kritik an sich nicht vertrug. Er merkte, was mich beschäftigte, und ich meine, er interessierte sich auch dafür. So trennten wir uns nach einem Jahr, und es begann eine nachdenkliche Korrespondenz zwischen Darmstadt und Spanien, wohin wir übersiedelten auf vier Jahre. In der Zwischenzeit suchte Schmidt mit seiner Frau krampfhaft eine bessere Bleibe, möglichst im Flachland, im Norden.

Die vier Jahre Spanien waren für mich wichtig. Ich arbeitete viel und fand meine Sprache über die Einsamkeit. Das war eigentlich ein Thema, das zu mir und Arno Schmidt paßte. Seltsamerweise verstand er mich nicht. Er hatte eine andere Vorstellung von Einsamkeit. Er wollte es nicht verstehen, ich bin sicher, er konnte es nicht, denn seine Welt war die Sprache, das Wort – und meine die Farbe. Hier war bis zum Schluß die Hürde, die Arno Schmidt nicht nehmen konnte. Kritische Gespräche gab es immer zwischen uns, doch ging es immer um seine Vorstellung von Malerei. Schade, ich hielt den Mund, weil ich ihn schätzte als großen Wortgewaltigen.

1958 zogen Schmidts mit Hilfe meines Bruders und meiner Eltern nach Bargfeld, wo meine Eltern lebten. Dort fand er seine Welt mit Nebel und Wacholder, wo es die Spökenkiekers gibt, wo der Mümmelmann zu Hause ist und wo in den Moorteichen Schmidts Frau Lili badete und er selbst Wache hielt, mit grüner Lederjacke und Fernglas. So erlebten wir ihn im Sommer 1959 beim ersten Wiedersehen. Der glückliche Monoman mit seiner immer zu dienen bereiten Frau. Die Bücher, die er schrieb in diesen ersten Jahren, sind mir die liebsten. Voller hintergründigem Humor und Ironie über diese Welt. Daß der Erfolg kommen mußte, war abzusehen.

Dann kamen wir im Spätherbst 1960 wieder aus Spanien zurück. Ich war der fast vergessene Maler und Arno der Dichterkönig. Voller Sehnsucht nach Spanien, mußten wir jetzt Geld verdienen, aber wie? Das Beste ist leichtverkäufliche Grafik. Das Radieren, also den Umgang mit Säuren und Asphalt, mit Kupfer und Zink hatte ich gelernt. Und so begann langsam der Weg nach vorn, und der Neid. Die Jahre der Grafik begannen mit dem Wirtschaftswunder in Deutschland. Doch wie alles nach diesem gottverdammten Krieg, es mußte schnell gehen. Die einst zerbombten Städte schossen wie Pilze ohne Sinn und Verstand in den Himmel. Je höher, je besser!

Doch jetzt sind wir bei den Radierungen. An den Brotkrumen, die im Wirtschaftswunder von des Reichen Tisch fielen, haben ein paar außerplanmäßige Wesen, die schöpferischen, auch ganz gut partizipiert. Wie gut, jetzt schalteten sich auch andere ein.

So kam eines Tages der Verleger Bläschke aus Darmstadt zu mir mit dem Auftrag, zum 50. Geburtstag als Geschenk für Arno Schmidt etwas Passendes zu machen. *Tina oder über die Unsterblichkeit* paßte genau zu dem Thema. Schmidt hatte mir den Rat gegeben, so schnell wie möglich aus Darmstadt zu verschwinden. »Haut ab, es ist ein Wahnsinn«, das waren die Stichworte. Dieser Neid, diese Bösartigkeiten, und in Spanien unter einfachen Fischer- und Bauernfamilien, die ich kaum verstand und die mich in Ruhe ließen.

In seinem Widmungsexemplar heißt es: »Damit Schlotters wissen, wo wir uns spätestens wiedersehen.« Im Elysium unterhalb des Kanalisationssystems der Stadt Darmstadt. Dort, wo sich alle versammeln, die nicht in Ruhe wirklich schlafen können, wenn nicht das letzte geschriebene Wort von ihnen untergegangen ist. Dafür war die Tina da, in ihrer Selterbude vor Arnos Fenster auf dem Inselplätzchen in Darmstadt. Daß es von dort ins Elysium geht durch einen Aufzug als Nachrichtenkanal, mußte ich mir schallend erlachen. Viel Vergnügen bei der Lektüre!

Vor einiger Zeit schrieb mir der Vorstand der Arno Schmidt Stiftung in Bargfeld. Zum 100. Geburtstag von Arno Schmidt will die Insel-Bücherei einen Band herausbringen mit *Tina oder über die Unsterblichkeit*. Eine selten gewordene Überraschung für den Alten, der täglich etwas mühsam in seine Werkstatt geht.
Im kalten, schneematschigen März 1939, an einem Sonntag, stapfte ich mit einem Pappkoffer vom Münchner Hauptbahnhof

allein in die Innenstadt. Ein Freund, oder besser gesagt: der Hundling, der mich abholen wollte, kam nicht. Was tun? Da hörte ich Orgelmusik aus der Frauenkirche. Ich ging hinein, setzte mich auf eine Bank und hörte zu. Mich überfiel plötzlich große Müdigkeit, und ich schlief ein. Als ich erwachte, war es tiefdunkle Nacht in der Kirche. Die Türen waren zu, und kalt war es auch. Mein Mantel schützte mich ein wenig. Durchhalten, Schlotter, morgen früh beginnt deine Aufnahmeprüfung an der Akademie der Bildenden Künste am Siegestor. Das ist weit mit dem schweren Koffer, also rein in die Straßenbahn und hin in die Akademiestraße und die große Freitreppe hoch ins Gebäude. 5 RM Einschreibegebühr, oder waren es 10? Ich zahlte 5 RM an, und den Rest? – Das Fräulein im Sekretariat lächelte mich an. Sicher passierte das ab und zu. Dann, ungewaschen, ohne Zähneputzen, rein in den Aktsaal. Es waren wohl 35 bis 40 Bewerber, die um die verschiedenen Modelle herumstanden. Die Prüfung dauerte ein paar Tage. Nun, im Aktzeichnen war ich gut vorbereitet durch meinen Vater, der an der Kunstgewerbeschule in Hildesheim Akt und Porträtzeichnen lehrte. Neben mir stand eine Amerikanerin, Valerie Carson. Man merkte ihr an, daß sie wohlhabend war. Sie war wenig attraktiv, dafür teuer gekleidet, mit Pelzmantel etc.

Während wir gerade eine Pause hatten, kam sie zu mir und sprach mich auf deutsch an. Sie möchte doch gerne in München studieren, doch das, was man von ihr erwartet, könne sie nicht. Ich machte ihr den Vorschlag zu helfen, doch wo? Sie lebte in einer Luxuspension in der Nähe des Englischen Gartens, dort hatte sie Platz genug. Das Modell wurde bestellt, und nach zwei Abenden waren wir für die schwierige Aufgabe bereit. Wir bestanden beide. Ich hatte sogar Glück und bekam eine Freistelle, für ein Semester. Sie wollte mich bezahlen für die Hilfe, doch das wollte und konnte ich nicht annehmen, und ein bißchen schlechtes Gewissen war ständig anwesend.

An einem Wochenende wurde ich von ihr eingeladen zum Essen im Preysing Palais. Ein Luxusrestaurant hinter der Feldherrnhalle. Nun wurde es für den Siebzehnjährigen mit seinem engen Sonntagsanzug, aus dem er herausgewachsen war, schwierig. Doch ich hatte nichts Geeigneteres, wozu auch? Vater hatte mir alles mitgegeben, eine gute Erziehung, und das gründlich. Mit Tränen in den Augen hatte er mir hinterhergerufen: »Du mußt dir selber helfen«, als mich der Zug in den Nebel fuhr, und ich mit 15,60 RM in der Tasche. Wie oft muß ich daran denken.

Da sitzt der Knabe nun zum ersten Mal in einem Luxusrestaurant, wenig gepflegt, ein wenig hilflos und träumend von diesem teuren Essen und seinen vielen Gängen. Wenn er das gehabt hätte, was das kostete, dann hätte er wenigstens einmal eine Nacht in Ruhe in einem frischen Bett einer kleinen Pension schlafen können. Valerie Carson war bestimmt fast doppelt so alt wie ich, erotisch nichts für mich und, ich bin sicher, auch umgekehrt nicht. Getanzt wurde auch, doch ich konnte nicht tanzen. Anschließend fuhren wir mit dem Taxi in ihre Pension am Englischen Garten, und ich ging zu Fuß zu meiner kalten Bank, wo

ich mich zwangsläufig seit meiner Ankunft in München auf-
hielt. Valerie hatte mir zum Abschied ein kleines Geschenk,
schön verpackt, zugesteckt. Das versuchte ich trotz der Müdigkeit zu öffnen, unter der Lampe hinter meiner Bank. Ein Insel-
Bändchen, *Das kleine Blumenbuch*. Na ja, bedankt hatte ich
mich schon. Stecken wir es mal ein. Doch plötzlich merkte ich,
daß das Bändchen relativ dick war, und sah hinein. Mein Gott,
Maria und Josef und Adam dazu, hinter jeder Seite lag ein 10-RM-
Schein, 58 Stück. Im Hasengalopp sauste ich ins nächste Hotel,
und dann ein warmes Bad. Das schönste meines Lebens.

Mit dem Insel-Bändchen fing es an, als ich mittellos mein Stu-
dium in München im Frühjahr 1939, siebzehnjährig, begann.
Jetzt, ich über neunzig, soll ein Insel-Bändchen gemacht werden mit der *Tina*, die am Inselplätzchen geschrieben wurde.
Eine seltsame *coincidencia*, meint man in Spanien, Zusammen-
treffen geht auch. Doch es geht noch weiter: Ich illustrierte die
Tina zum 50. Geburtstag von Arno Schmidt, und nun soll das
Insel-Bändchen vom Inselplätzchen zu seinem 100. Geburtstag
erscheinen.

Aber gefreut hat er sich schon, als ich vor ein paar Nächten am
Moorteich bei Räderloh mit ihm spazierenging und ihm be-
richtete, wie weit in der Nachwelt sein Ruhm reicht. Dann hatte er plötzlich die traurigen Augen, die er so selten zeigte, und
meinte deutlich hörbar: » Ja, das wollte ich doch gerade nicht!
Hast du denn die Widmung nicht gelesen?« Ich Dummkopf –
daran hatte ich nicht mehr gedacht. »Damit Schlotters wissen,

wo wir uns spätestens wiedersehen.« Wollte er tatsächlich unterhalb des Kanalsystems mit Schlotters allein sein? Was war ich froh, als ich wach wurde!

Eberhard Schlotter

EDITORISCHE NOTIZ

Die Erzählung *Tina oder über die Unsterblichkeit* erschien erstmals in der Zeitschrift *Augenblick* Nr. 4/II, Dezember 1956. Der in diesem Band gedruckte Text folgt der Bargfelder Ausgabe, Werkgruppe I, Band 2. Hg. von der Arno Schmidt Stiftung, Bargfeld. Zürich: Haffmans 1986.

Arno Schmidts Porträt auf den Seiten 6-7 sowie die ersten zwölf Radierungen im Abbildungsteil dieses Buches erschienen erstmals in dem bibliophilen Band: Arno Schmidt: Tina oder über die Unsterblichkeit. Radierungen von Eberhard Schlotter. 200 numerierte und signierte Exemplare. Darmstadt: J. G. Bläschke Presse 1964. Alle weiteren Radierungen sind bisher unveröffentlichte Studienblätter.

2. Auflage 2019. © für diese Ausgabe Insel Verlag Berlin 2013. © Tina oder
über die Unsterblichkeit, Arno Schmidt Stiftung, Bargfeld 1986. Alle Rechte
vorbehalten, insbesondere das der Übersetzung, des öffentlichen Vortrags
sowie der Übertragung durch Rundfunk und Fernsehen, auch einzelner Tei-
le. Kein Teil des Werkes darf in irgendeiner Form (durch Fotografie, Mi-
krofilm oder andere Verfahren) ohne schriftliche Genehmigung des Verlages
reproduziert oder unter Verwendung elektronischer Systeme verarbeitet,
vervielfältigt oder verbreitet werden. Bezugspapier: Tusche-Schellacktechnik
von Gisela Reschke. Gesetzt in der Schrift Garamond. Gedruckt auf holz-
freies, alterungsbeständiges Werkdruckpapier der Firma Cordier, Bad Dürk-
heim, vom Memminger MedienCentrum. Gebunden in Fadenheftung
von der Buchbinderei Spinner, Ottersweier. Printed in Germany.
Erste Auflage 2013. ISBN 978-3-458-19387-6